바람의 숨소리

곽영석 청소년시집

대양미디어

『바람의 숨소리』를 펴내며

누구나 유년시절과 청소년기의 그리움을 가지고 있다.

더욱이 청소년기의 방황과 이 시기에 자기가 좋아하는 일에 몰입하는 것은 어쩌면 당연한 일인 지도 모르겠다. 무엇을 할까 막연하게 목표를 정하고 있으면서도 주어진 환경과 능력을 생각하며 좌절하던 모습은 그 시절 누구에게나 있을 수 있는 일이었다. 일찍이 부모를 여의고 자수성가형 인간이라면 더더욱 삶에 대한 집착과 자기 성취에 진력하고 부지런히 앞만 보고 달려온 분들이다.

'꿈'과 '목표', '오늘'이라는 주제를 가지고 청소년기를 다시 바라보며 시편을 정리하다보니 어느새 120여 편을 헤아리게 되었다. 이 책에 실린 작품들은 관찰자 시점으로 바라본 내 주변의 이야기이기도 하지만, 함께 자라온 친구들의 이야기이기도 하다. 삶의 여정에서 청소년기는 짧은 순간에 불과하지만 인생의 대강으로 보면 자기성장과 도약을 위한 정말 소중한 시간이기도 하다.

25년 가까이 대한민국청소년문화예술대전을 개최해 오면서 만났던 청소년들이 이제 40세 이상 중년이 되어 가고 있다. 이 사회의 중추가 되어 가끔 인연을 따라 만나는 인사들 중에는 그 소중한 시기에 상을 받고 자기 도전의지를 성취한 이들을 만나며 기쁨을 함께 할 때가 있다.

가끔 도시의 아파트 숲에서 다람쥐 쳇바퀴 돌 듯 살아온 이 시대 청소년들을 지켜보며 앞으로 이 들이 추구해갈 미래의 세상에도 자연이 있고, 더불어 살아가는 생태가 있을까 자문해 볼 때가 있다. 성적 위주로 갈등하며 친구들과는 친구가 아닌 경쟁상대로 살아가고 있는 것은 아닌지. 자기주도형 교육과 성과위주의 사회가 추구하는 미래가 어둡다고 느끼는 것은 나뿐일까?

20여 년 전 목동에서 한문을 배운 어린이가 어학문박사가 되어 찾아온 적이 있다. 이 학생에게 한자의 부수와 글자조합을 통해 새로운 글자를 만들어가는 방법을 가르쳐 준 적이 있는데, 그해 여름 한자1급 급수시험에 합격하고 어머니와 청소년회관으로 찾아왔었다.

작은 칭찬 한마디가 이처럼 성장기 청소년들에게는 도전의 용기를 갖게 한다.

이 책을 통해 어른들은 기억의 저편에 흔적을 다시 한 번 살펴보는 기회가 되고, 청소년들에게는 격동기에 청소년시절을 살아온 한 작가의 발자취를 따라본다는 마음으로 읽었으면 하는 생각이다.

마음이 넉넉하면 모든 일이 즐겁고 아름답고 풍요하다.

무술년(2018) 백중을 맞으며
지은이 곽영석

차 례

제2부 징검돌을 놓는 마음

제3부 사랑의 느낌

제4부 노을빛 찬란한 오후

제5부 아름다운 세상

제1부 씨앗 하나가 만드는 세상

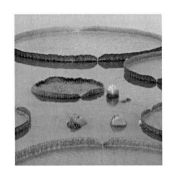

씨앗 하나가

솔씨 하나가
바위를 깨고 바위벼랑에 집 짓는다.

좁쌀보다도 작은 담배씨 하나
5만 배 큰 몸집으로
그늘을 만든다.

티끌 같은 그 씨앗 하나가
바위위에
우산 같은 가지 큰 나무를 세우고
이정표가 되기도 한다.

씨앗, 작다고
얕볼 것 아니다.

딱새의 빈집

새끼뻐꾸기 기르다 허물어진
딱새의 빈 집

곰처럼 큰 새끼
집 떠난 뒤
엄마는 이틀이나 빈집을 지켰지.

큰삼촌이 아이 둘을 맡기고
원양어선을 탄 숙이네 집
그 아이들 결혼하고
숙이할머니 팔순을 맞는 날에도
큰삼촌 오시지 않았지 아마.

새벽녘부터 목쉰 뻐꾸기
서럽게 우는 소리.

안개비

면사포 쓴 막내딸
결혼해 집 떠나던 날
뽀얀 안개가 마을 안길을 감췄다.

안쓰러운 마음에
팔당의 물안개도 피어오르고
촉촉이 젖은 아기 눈에
아버지의 하얀 그림자가
찍혀있다.

시간時間의 틈

시간과 시간 사이에
틈이 있다.

그 틈 사이에 어둠
빛을 삼키는
사랑의 블랙홀이다.

초롱꽃 아침

이슬비 내리는 아침
산속 할아버지의 너와집 마당가에
하얀 초롱꽃이 피었다.

무슨 소리가 들릴까
톡, 톡톡톡
빗방울로 치는 방울소리

메아리가 듣고
방울새를 깨웠나보다.

아버지의 가방

아버지가 아끼시던 가방
모서리가 닳고 닳아 헤어진 가죽
가방끈을 두 번이나 수선했다는 가방

서류보다도 도시락을 넣는
튼튼한 소가죽 가방
아침 출근길이면
마을사람 출생신고 전입신고
영농자금 신청서까지
가방이 가득, 배가 불룩
들고 다니기보다는 자전거 뒷자리에
묶여 다니던 가방.

짭짜롬한 간장냄새와 멸치볶음냄새
아직도 배어있는 아버지의 가방

그 낡고 헐은 가방
손자가 메고 자랑스럽게 학교 가는데
가방 알아본 마을 할머니들

"—0면장 손자로구먼."

하늘빛 파란 아침
나무그루터기에서 새순이 나와 큰나무 되듯
아버지 살던 집에서 태어난 손자
마을사람 하는 이야기를 들으면
"—저 놈 걸음걸이도 할아버지 닮았다."

그런데 아이는 왜 할아버지
낡은 가방을 좋아하는 지
베고 자고 안고 자고
친구들과 축구하다 쉴 때면
보물처럼 나뭇가지에 거는 가방

이제 팔순의 아버지
손자 학교 올 무렵이면 기다렸다가
가방부터 받아 드신다.

꽃

이름 없는 꽃은 없다
땅바닥을 기며 피는
꽃잔디도
키 큰 해바라기도 가슴은 같다.

열린 마음 가지면
작은 패랭이꽃이나 백합의
목소리도 듣는다.

담벼락을 타고 오른 능소화처럼
바닷가 초분草墳앞에 울고 있는
허리 굽은 아낙
한숨으로 피어난 꽃.

고려산에 참꽃 필 때

고려산 언덕바지에도
참꽃 피었다.

한식寒食도 되기 전에
산벚나무 꽃불부터 켜놓더니
산죽나무 밑에
산꿩이 알을 낳았다.

아버지가 지키던
산을 지켜갈 알이다.

그리움

만나면 기쁘고
곁에 없으면 왠지 불안하고
빈 공간이 마냥 크게만 보이는
그리움의 하늘.

뜰마루를 비추던 햇볕
비켜갈 때 자리를 옮겨 앉듯
태양이 하늘에 머무는 동안만이라도
사랑의 기쁨 간절한 마음

그때 거울에 비친 뜨거운 눈빛도
마주하면 고마운 햇살이 되지.
그래
두근거리는 가슴도
치마 끝을 휘감는 바람도
그리움의 언덕에서는 울 때가 있어.

별빛 익어 떨어지듯
그리움도 간절하면 나의 눈물
풀등위에 떨어져
반딧불처럼 빛나다가 스러지겠지.

가까이 다가와 봐
네 눈동자 속에 비추는 내 그림자
얼마나 큰 지 볼 수 있게.

초우初雨

숏아오르는 욕구를 감추고
물안개이불 덮은 대지
밤새 몸 추스르다 깨어났다.

기지개를 켜려다
우수 찬 입김에 기침부터 하고
대륙을 건너온 바람이
옷자락을 잡아 흔든다.

닭장에 갇혀
털빛 때깔도 바랜 암탉 한 마리
조류독감에도 살아남아서
푸수수 날개깃 터는데
팔순 어머니 방문 여신다.

그렁그렁 해소기침 한마디에
주인 닮은 어미 개 일어서고
처마 밑에서 빗물 피하던 고양이

그제야 할머니 발꿈치를 따른다.

검붉은 부엌아궁이 온기가 있을까
부지깽이로 헤집는 손길

어머니의 손길 옆 장독대
파밭에
어느새 원추리 싹 삐죽삐죽 자랐다.

민들레꽃

길가에
노랑 호롱불을 켜 놓았다.
길눈 어둔 나
길 잃지 말라고
봄비 먼저 내리고
쑥부쟁이 돋아났다.

무심코 지나다 본 민들레
그렇게 내게 밟히고도
반가워 웃고 있네.
나를 위해 불까지 켜 놓고.

총총
주말농장 가는 길.

생강나무

이른 봄 잔설殘雪 남아 있는데도
꽃부터 피우는 생강나무.

맵고 단 맛에
차로도 우려내고
화전놀이 부침개를 만들 때
제일 먼저 갈무리하던 꽃.

명나라 왕비 머리장식으로
금으로
상감하던 꽃.

햇살이 내려앉았다.

선 물

어떤 선물이 너의 가슴을 열까
네 사랑의 눈빛 머무는
창가를 따라가도 찾을 수 없는 마음

햇살 피어나는 산기슭
연보랏빛 샤프란꽃
하얀 눈 속에 피어나 네 머플러가 되고
노란 산수유꽃이 머리핀이 되어
상큼한 얼굴 마냥 볼 수 있다면

희망이야
바람은 고요를 깨고
잔잔한 연못에 물결을 만들잖아?
햇살이 키운 꽃과
검붉은 흙이 키운 나무들
그래. 내 가슴에도 봄이면 설레임이 자라나

네가 모르는 푸른 산에 자라는
잘 자란 꽃
네게만 보여주고 싶어
부끄럽지만 네게 주고 싶은 선물이었으니까

눈을 크게 뜨고 바라 봐
연산홍보다도 빨갛고
잘 익은 유자와도 같은 달콤한 내 입술
보게 될 테니.

패랭이꽃

바닥을 기며 살아도
열정과 미소로 산다.

작은 공간 삶의 터도 만족하며
만나면 반가워하고
고향사람처럼 친근하게 웃는다.

보문사의 홍매紅梅

염불소리 듣고 자란 절 뜨락의 매화나무
층층계단아래 인연 쌓아놓고
긴 겨울밤 풍경소리 헤아리던
손가락마다 꽃불을 들었다.

봄빛 싱그러운 아침
키는 작아도 봄마다 꽃 피울 나무
홍매화

예불소리가 사뿐사뿐 내려앉고
고무신 끌고 오신 노 보살님
주름진 얼굴에도
꽃이 피었다.

목 련

목이 긴 여인은
한복입기를 좋아한다.

이른 봄이나
영산홍 곱게 피는
늦여름까지

가슴 선을 감추며
버선신은 꽃신도 감추어도
긴 목을
사슴처럼 내어 놓는다.

이천 산수유마을

토담집 지붕 얹은 초가이지만
5남매, 9남매 조롱조롱 자라던
정겨운 고향집

산수유 꽃 피면
술 빚어 오가는 이 대접하던
이천 백사면 경사리
이제는 주변마을 세 동네가
축제를 연다.

마당 끝에
텃밭 끝에, 산자락 밑으로
수십여 년 자란 노란 산수유나무
버짐 피던 아이들
공부시키던 약나무요
효자나무였다.

올해도 산수유 노란 꽃불 켠 산마을에
부두 지짐과 막걸리 익는 동네
팔순의 봉자할머니 집 어깨에도
꽃이 피었다.

화살나무

가지에 날개 달린 화살나무
모양도 괴이하고
재목으로 쓰일까 궁금했는데
굽은 나무 조상묘역 지킨다고 약제로 쓰인단다.

어혈을 풀어주고
혈액 순환을 돕는다는 나무
가지를 자르고
뿌리까지 캐서
이제 회귀 종이 되었단다.

흔해도 남용하면
잃을 수 있는 교훈

화살나무 묘목 한그루
공원 한켠에 심는다.

연분홍 모과꽃

파꽃 피기 전에 모과꽃이 핀다
연분홍 꽃잎에
연두색 장옷 갈아입고
마당가 대문 옆에 서 있다.

서른이 되도록 시집 안 간
우리 막내고모
담장너머 뭘 보고 계실까.

제대하고
누님 집 찾아온 영숙이 삼촌
담장너머 마당을
발꿈치 들고 보고 있다.

화악산 할미꽃

눈 예쁜 제주 각시
강기슭 벼랑 틈에 집 지었다.

키도 작은 너와집에
햇살 익는 나루터

자매들만
아버지 기다리고 있다.

나무를 심으며

언제부터인가
봄 산행을 갈 때 꽃삽을 챙긴다.
주말농장에 갈 때나
서울 근교 풍치風致를 즐기러 갈 때
나무시장에 들러 묘목을 챙긴다.

다시 산을 못 오르더라도
산을 가꿔줄 생명으로
자라날 나무

산이 헐벗는 모습 안타까워하기보다
꽃을 가진 과일나무나 산 벚나무
이팝나무 한 그루라도
내가 오르던 산행길
쉼터에 심는다.

말없이 그림자도 심는다.

어깨를 펴 봐

뭘 하고 싶어?
숨기지 마
꿈은 클수록 좋은 거잖아.

어깨를 펴고 걸어 봐
뭐가 걱정이야.
네가 이뤄갈 세상이라고 생각해 봐
두렵지 않잖아?

돈이 많고 적음은 한순간이야
아이디어만 있으면
도움을 받을 수 있고
내 꿈 펼쳐 보일 수 있는 기회 얼마나 많아.

용기는 죄가 아니야
도전은 청년들만의 특권이거든
해봐 넌 할 수 있어
얼마나 좋은 세상이니?
생각이 정갈하고

마음이 크면 무엇이나 할 수가 있잖아?

한 구덩이에 심겨진 나무를 봐
한 생각만 하니까
금방 키가 자라고 몸이 자라고
큰 나무가 되잖아.

네가 바로 희망이라고 생각해
미래이고
모두의 바람이라고
두 어깨가 든든한데 무엇을 망설이니.
해 봐 넌 할 수 있어.

떨고 있는 거니?
어깨를 펴면
발걸음도 빨라지고 커져.

이제 어깨를 펴 봐.

한 계절 한 번은

나의 진면목을 보기 위해서는
멀리서 나를 지켜보는 것이다.

나도 모르는 그 세계에서
한 계절에 한 번은
삶 그대로 나를 돌아보자.

희로애락은 찻잔 하나로도 충분하고
기쁨 또한 현관문 밖
거리에서도 만들 수 있는 일.

모래시계로 재는 시간
그 분초分秒로 나눠지는 삶
돈을 주고도 살 수 없는 시간이다.

삶의 여정에서 꿈과 도전은
황무지를 흐르는 강기슭에
과일밭을 일구는 일.

서툰 삽질로 사금砂金을 캐고
허튼 생각이
위대한 세기의 발명품 만든 것처럼
한 계절에 한 번은 시작해 보자.

나를 찾아서 떠나 보자
세상을 발견해 보자
우리 땅의 소중한 가치를 찾아보자.

물이 다르고 흙이 다르고
그 삶의 터전을 지키는
사람의 생각과 가슴이 다르듯
그런 사실을 알고 난 내가 달라진다.

한 계절 한 번은
길을 떠나보자.
다른 세상을 찾아보자.

맷 돌

정을 쪼아 다듬은 돌
힘줄이 생기고
거친 손마디가 생기더니
시절 거스르는 어설픈 기억이 생겼다.

감각이 생겨 걸림이 없어야
손 툭툭 털고 일어서는 촌부村婦처럼
촉각이나 미각은 잃지 않았음을 고마워하고
미동도 없이 앉아 쉬는 거지.

노랑 감꽃 지는 날
도토리가루 한 양푼 갈아놓고
툭 터진 옆구리 갈무리하는 손
비릿한 풋콩냄새가 부엌마당에 가득하고

바람 이는 돌담위에 넝쿨장미가
뭘 보고 키득키득 웃는 지
맷돌 허연 배 드러내놓고 기대어 쉬는데
산기産期 없는 줄 알고
강아지 콩콩대다 돌아서네.

제2부 징검돌을 놓는 마음

풍도의 바람

바람이 지나는 길목
풍도楓島

봄이 오기도 전에
꽃을 든 동백나무들
달려오는 바람
기다리고 있다.

바람개비

아이들 노는 곳에 서면
나도 모르게 바람개비를 만든다.
바람을 안고 살던 유년의 추억
바닷가의 빛내림과 갯벌

눈을 감고도 찾아갈 수 있는
꿈의 언덕
뼈가 자라고 살이 자라고
꿈이 자라던 고향

바람개비를 보면
거센 폭풍우도 검은 비구름도
바람개비가 만드는 소용돌이 속에 사라진다.
유년幼年의 뜰에서 만드는 꿈

바람개비를 돌리며 달리는 꿈을 꾸다보면
어머니가 수건을 쓰신 채
늘 대문가에서 나를 부르신다.
그리운 어머니.

징검돌

영월 동강 상류에서 만난 시냇물
언제부터 놓였을까
옆 동리를 연결하는 징검다리.

들일을 갈 때
소는 텀벙거리며 건너고
쟁기를 멘 농부는
징검돌을 헤아리며 건너는 봄날

돌 한 개라도 잘못 놓이면
물속에 빠질 수 있는 강돌
팔순 노인이 물속에서
돌을 주워 징검돌 옆에 쌓는다.

'—징검돌 하나 흔들려 아이들이 빠지면 어떡해?'

그 징검돌을 밟고 갈 사람
아이와 부녀자
강아지와 같은 작은 짐승을 위한 마음
징검돌은
그래서 마음을 나누는 돌이다.

여름 한낮

길가 그늘막을 지나는데
나뭇잎 뒤에 매달려 있던
혀를 빼문 바람

폴짝 뛰어내리며
'—함께 가요.'

묻지도 않았는데
'무척 덥죠?'
어깨에 앉아
손부채를 활활 부친다.

주목나무 등걸 옆에서

소백산 산등성이
죽어서도 천년을 산다는 주목나무
바람과 다투며
옹이를 안고 있다.

지구를 돌아올 천년바람
뼈마디만 남긴 채
피리소리로 운다.

세월의 넋 한줄기 잡아놓고
울다 지치면
수북이 쌓인 서원誓願의 편린들
구름조각도 걸려서 우는 산마루

소백산 산등성이 가면
주목나무가
제대로 살아오지 못한 지난 생生
뼛조각을 움켜쥐고 울고 있다.

솟 대

솟대는 막연한 그리움이다
스쳐간 바람
다시 돌아와 기웃대는 노을처럼
늘 바람을 맞으며
언덕바지에서 기다린다.

구름 피듯
추억의 언저리엔 반가운 얼굴들
지금은 저승의 하늘가에
붉은 구름으로 피어나도
기다림이 있는 마을에서는
저녁연기가 아련하다.

방패연 한줄기
끌고 가는 바람이라도
솟대위에 새를 앉힌 언덕에는
5일장을 다녀오는 남편 기다리는
어머니 같은 솟대가 있다.

비라보고 섰다.

외다리로 선 솟대가
외다리로 선
기러기를 안고 서 있다.

초석잠

굼벵이도 아닌데 잎을 피우고
뿌리로 번식한다.
신기한 알뿌리 초석잠.

수확량도 많고 소득도 높아
경제성이 있는 작물

장아찌로도 담아먹고
술로도 담아먹고
치태예방癡呆豫防을 위해 생식하는 뿌리채소.

한 상자를 얻어
나눌 생각 하다 보니
어머니 생각, 사촌생각, 치매 앓는 지인의 모습
약이 된다면 무엇이 아까울까

얼만큼 줘야 마음이 차고
어떻게 줘야 고마워할까?

씻어 말리며 며칠이 지났을까
머리끝이 썩기 시작하네.

아끼다 거름을 만든다 더니
거름 주어 만든 그 열매
다시 거름으로 돌아가네.

팔색조의 울음소리

남한산성 오르는 등산길
꽃무늬 팔색조 한 쌍
계곡 아래쪽부터 울며 따른다.

등산길 오르다 심장마비心臟痲痺로
세상 등진 P형
가끔 쉬던 바위 능선 솔나무에
울음소리만 걸어놓고
오늘도 바람을 불러 운다.

건강을 자신하고
신앙 활동 늘 모범으로 부러움 대상이던 사람
하나님은 하늘의 역사가
크고 간절하셨을까

그가 떠난 자리 크고
그가 서있던 자리
그의 목소리 찬송소리
울림이 크기에

기억의 저편에 머물고 있는
그림자도 그립다.

하산下山할 때
솔나무 사이로 일렁이는 그림자
당신인가 돌아보다 보면
어느 새 나타났을까
팔색조 한 마리
다시 나를 따르며 울고 있네.

꽃이 진 자리

향기 놓였던 자리에
성근 공덕비
그림자만 남았다.

꽃이 진 자리.

빗 물

구름으로
여행 마치고 나면
인연을 만나 풀도 키우고
물고기도 키우고
가끔 젖과 꿀이 되어
인간의 살이 되기도 한다.

끝내 바다로 돌아가는 빗물.

금강 같은 바위라도
끝내는 모래로 부서져
흙으로 돌아가듯

빗물은 여행을 마치는 날이
고향으로 돌아오는 날.

따뜻한 돌

온기로 채워진 가슴은
사랑 가득한 하늘을 안다.

바다를 품은 등대는
해무海霧가 자신을 감싸 안아도
바다의 너비를 안다.
일렁이는 바다의 가슴 높이를 안다.

차가운 돌멩이 하나
내 손으로 감싸 안아도
채워질 수 있는 기쁨이라면
저 넓은 광야가 내 것.
거침없이 내 것으로 만들어 보는 거야.

스무 해의 밤이 지나고
해협을 지나는 화물선이 고동을 울릴 때
일어서 바라보는 푸른 눈
처음으로 국방의 의무에 고민하고
직장을 찾아 집을 나서는 발걸음

설레임은 왜 없을까?

햇살 밝은 아침
빛이 두려운 것은 아니야
세상은 넓고
내 가슴이 작다고 탓하지 마라.

나 혼자라면 두렵겠지만
수많은 젊음과 초롱초롱한 눈망울
세상을 같이 꿈꾸는 동반자
그들을 내편으로 만들면 승리하는 거야.

내 가슴에 따뜻한 돌 하나
남모르게 키우며 살아 봐
작지만 야물차고
큰 하늘을 만들어갈 단단하고
언제나 안고 싶은 돌.

표충사 사명대사비

남해여행길에 들른 표충사表忠寺
이름만 듣던 표충사 비를 본다.
사명당四溟堂의 5대 적손 남명이 세운 스승의 공덕비

나라가 위란危亂이 있을 때
비석이 땀을 내어
대비를 예고했다는 전설의 탑비塔碑

서산대사西山大師의 공덕, 기허대사의 사적
측면에는 표충비 사적기 기록이 있다.

국방에 대한 의식
나라에 대한 애국심은
전쟁터 사선死線에 서 본 사람이 의미를 안다

표충비를 마주한 해묵은 향나무
세월의 풍상風霜을 이고
월남의 전쟁터에서 살아온 노병老兵을 맞는다.

한강에 가마우지가 산다

팔당댐 인근까지
바다갈매기 수색대搜索隊 전초병처럼
오르내리더니
검은 가마우지 한강 텃새가 되었다.

산책길에 떼로 몰려 자맥질을 하는 모습
어릴 때 놀던 생각에
문득 지켜보다가도
생태환경生態環境 바뀌는 모습에 놀란다.

주말아침 성내천보城內川堡에서
물길 따라 오르는 고기를 놓고
두루미와 왜가리
그 틈바구니에 가마우지가 끼어
먹이 다툼을 하고 있다.

물총새도 자맥질로
송사리 세 마리를 물고 나온다
분주한 봄날 아침.

연 어

모천母川을 회귀回歸하는 연어는
살을 불려 고향으로 찾아온다.

산골짜기에서 태어난 바람
울며 지구를 한 바퀴 돌아오면
메마른 기침소리로 왜 울기만 할까.

연어는 母川에 다시 알을 낳고
기름진 살을 내어
양식을 삼게 하니 유산이 크다.

고향의 논밭 팔러 찾는 인간
그 뇌 조각을, 살 조각을
그가 눕는 산골짜기에 찾아가
개미들이 골라먹는다.

검은 흙이 뇌수腦髓를 삼킨다.

나무 자전거

케냐의 오지마을
아이들이 나무자전거를 타고 논다.
바퀴도 뼈대도
나무로 엮어 만든 자전거

동생을 태우고 가고
짐을 싣고 가기도 하고
나무자전거 한 대로
친구들 부러움을 사는 나라

돼지오줌통에 바람 넣어
축구를 배우던 우리처럼
케냐의 아이들이 나무자전거를 타며
지금 돼지오줌통 볼을 차고 논다.

세계육상선수권대회에서
결승점을 제일 먼저 밟는 선수를 키우는 나라
케냐의 아이들이
나무 자전거를 타며 달려오고 있다.
두 주먹 불끈 쥐고
달려오고 있다.

그 물

그물코가 크면
거르고 모으는 대상도 크다.
꿈과 목표가 크면
이뤄낼 수 있는 크기도 다르듯
하늘도 다르다.

설산등반 사진 한 장을 보며 자란 소년
산소 없이 히말라야 최고봉
등반의 기적을 이뤄냈고,
미지 세계에 대한 막연한 동경은
인도양과 아프리카의 발견과
지구의 극지탐험을 성공시켰다.

대동여지도를 만든 김정호의
백두대간의 반복답사와 교정
투철한 사명감의 발로

만주벌을 공략하여 영토를 넓힌
고구려 고선지 장군의 기개와 배포

바로 우리 한민족의
펄펄 뛰는 심장에서 나왔다.

젊은이의 욕심은
세상을 위한 희망이요
개혁을 위한 도전이다.
그래서 청년은
그물을 짜는 어부처럼
크고 넓고 깊은 바다를 보는 것이다.

함께 해요 연꽃 축제

1. 연꽃향기 넘쳐나요 홍련백련 피었어요.
   궁남지의 연못마다 연꽃향기 넘쳐나요
   나비되어 찾아왔나 마 캐시던 서동왕자님
   춤을 추던 선화공주 노랑나비 나폴나폴
   풍악소리 즐거워요 잔칫마당 와보세요
   부여백제 서동제에 모두함께 와 보세요.

2. 궁남지의 너른뜰에 천만송이 연꽃송이
   백제사람 마음닮은 홍련백련 연꽃송이
   서동왕자 찾아봐요 선화공주 찾아보세요
   백제사람 백제인의 연꽃사랑 찾아봐요.
   노랑나비 하얀나비 나폴나폴 춤을 추는
   궁남지의 연꽃축제 함께와서 즐겨봐요.

✽ 2016서동요창작동요제 대상 수상작품

우렁이 쌈밥

충주 앙성 우렁이 농장
은퇴교사가 일삼아 기르는 농장이다.
농촌새마을 운동으로
70연대 후반 대통령 표창을 받기도 한 전직 교사

농장에서는 12가지 논우렁이
이웃 비닐하우스에서 수확 후 버리는
상추 잎까지 먹고 산다.

사서 먹을 줄만 알던 사람들
웅덩이나 연못에 지천池川으로 널린 우렁이
그게 돈이 될 줄 누가 알았을까?

1년 수익 8천만 원
1,280평에서 나오는 수익이란다.

우렁이 쌈밥집에 수요가 달린다는
이 자원도 부지런해야
꿈을 키울 수 있다.

주례사

결혼식을 집전하는 주례
행복한 가정의 사표가 돼야하는데
늘 망설인다
얼마만큼 인간사의 표증表證이 되었을까
얼마나 삶의 본보기가 되었을까

인생은 두 사람이 굴려가는
자전거처럼 페달을 밟아야
앞으로 전진한다.

둘만의 다짐과 노력으로 가꾸는
화단이요 농장이며
황무지荒蕪地를 일구는 개척자이다.

가끔 골프코스를 설명하며
함께 하는 경기의 묘미를 들려 줄 때도 있다

가슴 벅찬 삶

행과 불행 그 차이

종잇장 한 장 차이이지만

긍정적으로 살면

돌밭에서도 사과나무를 기를 수 있다.

까 치

짐승도 정을 주면
사람처럼 가까이 지낼 수 있다

창가 실외기 위에
묵은 쌀 한 줌 놓아주었더니
아침 마다
까치가 찾아온다.

이제는 참새들까지 찾아온다
그래서 늙은 문객文客의 집에
방문객이 늘었다.

잠시 늦잠을 자기라도 하면
시끄럽게 소리를 친다.
'도대체 여태 자느냐고―'

한여름 창문을 열기라도 하면
살림 살피기라도 하는 듯
집안까지 들어왔다가 간다.

어린 시절 나를 업어 키우시던
고모의 눈빛처럼 걱정스러운 눈빛이다.

물거미

물거미에게 물어볼걸 그랬다.
물위에서 어떻게 걷는 지

물을 짚고 일어서
물위를 걷는다
성큼성큼 물위를 걸어 달려간다

저 발만 있으면
연못도 강도 바다도
빠지지 않고 건널 수 있겠다

세월호 아이들도
바닷물 생각하지 않고
문 열고 걸어 나와 구조선에 성큼성큼
오를 수 있었을 텐데

물거미에게 물어볼걸 그랬다.
물위를 걷는 방법
그걸 몰랐다.

거미의 다리를
잘 살펴볼걸 그랬다.

맷돌2

홍천 계곡 산막이길
농사라고는 감자심고 옥수수 수수
콩이 전부이다.

평생 쌀 세말만 밥 지어 먹고 시집가면
부자소리 듣던 산마을
친정어머니의 선물
혼수婚需로 장만한 맷돌이 큰 재산.

콩을 갈고 씻어 방안에 두고
옥수수를 갈고
방안에 씻어 두고
할머니와 함께 살아온 맷돌

돌돌 세월을 갈고
시간을 갈고
서러운 눈물을 갈았다.

소나무 옹이로 만든 어처구니가

대솥 옆에 몸을 말리고 있는

산막이길 두부집.

올해도 콩 13가마가 마루를 차지하고 있다

맷돌로 갈아낼 콩 13가마.

망둥어2

바닷고기로 취급도 안하던 망둥이
차세대 식량자원食糧資源이란다.
전 세계 180여종 가운데
우리나라에만 50여 종이 산다는 문절이.

일본 천황의 박사학위博士學位가
'차세대 자원 식량 망둥이 연구' 라네.
망둥이 회, 망둥이 무침, 탕과 전까지
이제야 먹기 시작한 갯벌 청소부

게도 지렁이도
갯벌에 사는 곤충까지도
날고 기며 삼킨다.

여름휴가 때
작은 대나무 끝에 미끼를 걸고
바닷가에 앉아
건져내는 망둥이

고향 바다를 지켜낸 막내둥이 같다.

늑대의 두 얼굴

산빛 싱그러운 2018년 아침나절
'미투' 운동이
직장에서나 사회에서나
유리벽을 탄탄이 쌓아 올리고 있다.

아침인사와 함께
차 한 잔 나누던 정경도
이제 존재의 의미조차 서먹한 풍경

어깨를 다독이며 격려하는 풍경이나
애경사에 안타까운 전하던
상사의 마음도
이제 늑대의 모습으로 여긴다.

그래도 사회가 건전하게
바뀌는 모습이 봄 햇살처럼 따뜻하다.

삼척의 포구

바닷가 마을이 술렁이는 여름
새벽어둠 뚫고
바다를 나갔던 고깃배들이 들어온다.

언제나 부지런한 만큼 내어주는 바다
뭍 향기를 맡은
싱싱한 고기들이 펄떡인다.

선잠 깬 동네아낙들
물메기 받아 손수레에 싣고
졸졸졸 물소리와 함께
구르는 수레바퀴가 얼굴을 씻는다.

포구에서 수고한 어부들
고마운 인사 한마디에
물 좋은 생선 얻을 수 있는 삼척의 포구

여행길에 만난 어촌계장님
대게 두 마리 들고 웃는 사진
카톡으로 보내셨다.

남녘의 봄향기 고우니
들리라는 메시지
말보다도 그 포구 그립게 한다.

제3부 사랑의 느낌

점點 하나

우주에서 보면 큰 건물도
점 하나.

사람도 자동차도 대형여객선도
한 점
움직이는 점 하나.

그 점 중에서도 작은 점 하나
사람, 점 하나의 한 사람
한 사람 한 사람 한 사람이
세상을 바꾸고
우주선을 만들었다.

아기똥풀 피는 양지

햇살이 앉았던 자리
후끈후끈 아기오줌 지린내 가득하다.

누워 있어도 예쁘고
앉아있어도 귀여운 아기
풀밭에 나와 나비를 쫓고 있다.

나비가 벌이 되고
벌이 아기가 되는 봄날
아기 발자국마다
뚝─. 뚝 뚝
피어나는 노랑 똥풀꽃.

엄마 집 비운 사이
양지바른 길가에 펴 놓은 아기 이불

바람의 언덕

태백산 바람의 언덕
바람개비가 울며 돈다.
산마루의 얼굴도 들썩이며 운다.

세상 떠난 탄갱부 아버지
기일忌日도 잊었을까
아이들이 사는 집 언덕에서
아이들을 부른다.

아버지 삼촌, 아들의 영혼
탄가루 툭툭 털며
풍차날개에 매달려 운다.

하현달 지고 난 새벽
보석처럼 빛나는 별 쏟아지는
허허로운 바다를 보며
바람이 된 아버지들이 산위에서 운다.

숨어 우는 새

슬퍼할 틈도 없어
그냥 가슴으로 삭이며 견디었습니다.
사회생활이 일천하지 못해
늘 꾸지람을 받아도
내 탓이려니 여겼습니다.

학창시절 당당했던 자존감과 뚝심
입사첫날 버려야 했지요
격려보다는 질책, 지도보다는 힐난
모두가 처음부터 잘 한 건 아니잖아요?

아침에 일어나면 출근을 해야 할까
모두가 기대하던 취업
박수와 성원을 보낸 친구와 가족들

그래
웃으면서 다시 해보자 하면서도
회사 보이는 저만치에 이르면
자꾸만 내 모습이 작아 보입니다.

원망과 분노도 한 순간
돌아서 보면 내 모습만 커 보여
다시 비참해집니다.

울면 가슴이나마 후련해질까
가끔 억울하고 비참하고 참혹한 마음에
서러워서 웁니다.

모멸감과 질시 참아야 하지만
아직은 젊고 비난을 받기에는
여리고 가냘픈 장다리꽃입니다.
그래서 숨어 웁니다
나무그늘 아래 숨어우는 새처럼
가슴으로 웁니다.

물메기

생긴 모습도 못났지만
먹거리 축에도 못 끼던 물고기
비싼 조기만 잡아먹던 식성 좋은 물고기다.

뱃사람들 그물에 걸리면
다시 놓아주던 허접한 물고기
이제는 아귀와 함께 탕을 끓일 때
귀한 존재가 되었다.

동해바다 포구의 음식점마다
성시盛市를 이루는 물메기탕집

옥상마다 꾸둑꾸둑 말려내는
물메기의 변신에
문득 지나쳐 가다가도 찾는 별미가 되었다.

서예가 금사달金思達 박사가 예찬禮讚했던 물고기
그가 찜으로 즐기던 물텀벙
물메기가 늦봄의 바다에 논다.

가 뭄

물 한모금도 못 마셨는지
산비탈을 기는 장끼 한 마리
'컥!커ー컥! 우는 소리에
뫼바람도 가슴을 치며 진저리를 친다.

고슬고슬 말라가는 밀밭위에
낮달만이 멀줌하니 비켜서서
이제 털깃 나기 시작한 중병아리
물 넘기는 모습을 보고 있다.

입술도 타는 한낮
새끼 두 마리를 거느린 마당개
아침도 거른 채
앵두나무 그늘 밑에 널부러져 있다.

땅이 우는소리

포항浦項, 경주, 홍성, 함흥咸興 땅이
갈라지고 무너지고
깨지며 울었다.

잠자는 자연을 깨우려고
핵폭탄核爆彈을 터트려보고
땅의 가슴에 지열발전地熱發電을 한답시고
고압高壓으로 물을 품어 넣는
가증스런 모습보고 땅이 울었다.
천둥소리로 가슴을 치며
땅이 울었다.

산이 무너지고
바위가 깨져 뒹굴고 집터가 가라앉아야
정신을 차릴까

땅이 우는 소리 속에
노한 피빗 울음을 어찌 잊을까
우리가 살아온 이 터전에서는—.

개미 이사

손 없는 날
개미들은 알고 있었나.

첫 여름비 내린 다음날
숲길 여기저기
개미가 이사를 하네.

누가 알려주기라도 했나
이고지고 물고
멀지도 않은 거리
종종거리고 이사를 가네.

석촌동 백제적석총

우연히 발견한 조선총독부朝鮮總督府의 항공사진 한 장
송파주변을 촬영한 사진
석촌동과 방이동 하남일대의 대형무덤
360여년의 한성백제漢城百濟 시대의 유적.

겨우 1백년이 흘렀음에도
흔적도 없이 사라지고
겨우 몇 기의 적석총積石塚만 남았구나.

완벽한 토성의 형체로 남아있는 풍납토성
언제부터 조성됐을까
토성 안에도 크고 작은 무덤군
한국전쟁 이후 그 무덤을 허물고
집을 짓고 살던 사람들
그 아파트 한켠에 나도 둥지를 틀었다.

돌 한 조각 없던 석촌동
적석총을 허물어 집을 짓고
축대築臺를 쌓던 힘들었던 그 시절

이제야 역사를 복원하려고
축대를 쌓았던 돌 빼내고
위치를 어림짐작하여 왕릉을 복원했다.

송파언덕을 달리는 말울음소리가
강바람에 들려오는 듯
아리수 강가에
오늘도 강노을이 노랗게 번지고 있다.

등나무 파고라

한여름 등나무 파고라
보랏빛 등꽃이 포도송이처럼 싱그럽다.

결핵結核으로 각혈하던 바윗골 누나
탐스런 수국 꽃이 좋아
뒷담으로 꽃나무
외삼촌이 심게 했었지.

마당에도 제비꽃
치마도 염색으로 멋을 낸 보라색 치마
누나는 뭉게구름 피는
파란 하늘이 예쁘다 했다.

늙은 마을이장님 구해오신
능구렁이 삶아 이틀 한 모금씩 마시다
새벽에 먼 길 떠나던 날
이불홑청에 둘둘 말아 만든 수의 입고

지게에 업혀 산길을 오르던 누나
그 가난했던 하늘길

이제 등칡으로 태어나
그늘을 지어 내가 보기 좋게
보라색 꽃송이를 피워 놨다.

산막을 지나며

예부터 한양과 지방 오르내리던 길
산막을 지어 쉼터가 되었다.
괴산 산막이 길

약초농사藥草農事도 짓고
인근에서 농사지은 햇곡식도
채반마다 쌓아놓고 파는
산막이 길목

이제는 촌로들의 하루 일터
농막農幕을 지은 그늘 밑에
잘 여문 옥수수가 설설 김을 내며 익고 있다.

저녁이면 서늘한 냉기에
바지를 찾아 입고
이슬내린 수박밭을 헤집던 아이들
고단한 허리 눕히고
이제야 코를 골며 잔다.

메밀묵 메밀꽃

봉평땅 들리면 가게마다
주문을 하지 않아도 인심도 후하게
메밀묵, 메밀차 내어놓는다.

늦장마로 논밭 쓸어 덮으면
대체 작물로 심던 메밀
이효석이 소금 꽃으로 비유했던 메밀의 향기
이제 봉평의 풍광風光을 바꿨다.

무나물로 독성毒性을 중화시키고
새싹과 꽃 비빔밥과 잎차로
전분澱粉은 묵으로, 전으로 먹던 메밀

추억追憶의 저편에서 손을 흔드는 아지랭이
허리 굽은 산촌山村 어른들
나무호미로 허영허영
밭을 매고 있다.

도토리

가을 폭풍에 부러진 산 벚나무
그 몸통 속에 두 되 남직한 도토리
다람쥐가 모은 양식이었나 보다

저만치 망연자실茫然自失 바라보는 다람쥐

앞발로 가랑잎을 헤쳐 묻고
한 마리가 양 볼이 메지도록
흩어진 도토리를 물고 달려간다.

찬바람 불고 진눈개비 내리는
산 깊은 계곡의 오후
다람쥐 부부
뼈골이 서늘하게 밤새울 일만 남았다.

장 마

하늘님의 위신력威神力 크다.
먹구름 잠시 피워 올리신다 했는데
천지를 덮고도 남아
한낮을 밤으로 만드셨다.

어떻게 저 많은 빗물을 담아 옮기셨을까
평야를 뒤덮고도 강도 넘치고
등골 휘도록 일만 하던 촌부村夫의
경작지까지 잠기게 하셨다.

그 잠시의 위력威力으로
어떻게 저 많은 물을 하늘로 옮겨놓으셨을까
종일을 쏟아 붓고도
이틀, 삼일, 사일, 닷새를 퍼붓고도
무슨 일로 노하셨는지
하늘의 호숫물 다 쏟아 부우실 모양이다.

신을 믿지 않는 사람도
하늘이 노하셨나 보다고 이야기 하는 걸 보니
마음속에 하늘님
누구나 모시고 있나보다.

돌 배

가평 화악산華嶽山 기슭
산이 가파라
한철 잣송이 따는 게 전부인 산촌

이른 봄 고로쇠물 채취가
첫농사일만큼 가난한 마을
농사지을 땅도 척박瘠薄하여 감자나
메밀 수수로 연명하던 동네였다.

한국 전쟁 때 한마을 전체가 월북하여
사람 그림자만 남아있던 동네.

그들이 남긴 빈집을 찾아
집터를 갈아엎고
초코베리와 돌배나무 기르고
효소酵素를 만들어 마을을 일궜다.

주어진 환경을 극복하려는
발상發想의 전환轉換이
계곡에 도시 사람들을 불러들였다.

민주지산 삼도봉

전라도 경상도 충청도
삼도의 경계를 짓는 영동 민주지산 삼도봉三道峰
황금용이 승천昇天의 몸짓으로
여의주如意珠 물고 있다.

일제 강점기
금을 채굴採掘하던 기슭에는
고로쇠나무들
늦여름까지 빈사瀕死의 상태
잎조차 피워내지 못하고
때 이르게 선잠에서 깨어난 독사들
물가를 찾아 기어내리는 기슭

겨울이면 회오리바람에
7미터 이상 눈구덩이가 만들어지는 악산
민주지산은 이름만치나
거칠고 오르기도 고난苦難의 여정이다.

전통악기장

놋쇠를 두드려 징과 꽹과리를 만들고
피리를 만들었다.
유기장은 쇠를 녹여
하늘 울리는 소리를 만들어냈다.

소가죽을 두드려 북을 메우고
명주실을 엮어
가야금과 거문고 해금을 만든다.

그 작업이 고되고 인내를 필요로 하는 과정
누군가 해야 한다는 사명감으로
17살 나이에 공방에 들어가
풀무질과 명주실 꼬기부터 배운 명장

격려激勵의 상장 한 장
그의 땀방울 보상할 수 없지만
그의 작업은 오늘도 계속된다.

무형문화재 42호 전통악기장
최태귀.

보리굴비

굴비를 겉보리에 재워
한철을 보내면 적당히 마른다.
그 조기 살을 발라내어
고추장에 묻혀내는 보리굴비

가끔 입맛을 잃어 아침 거를 때
잘 익은 어리굴젓 한 접시
쫀득하게 찢어놓은 보리굴비가 생각난다.

혼자 사는 살림살이
40년이 가까운 혼밥 인생

출가出嫁한 큰아이와 작은 아이
손자들이 주말마다 찾아오지만
아침저녁 고요한 일상의 허전함
잠으로 채우기엔 무료하다.

가슴시린 기억과
아픔이 잊히지 않는 삶의 현장에서
살아남은 발자국이
내 그림자를 아직도 끌고 간다.

서울의 달

서울의 달은 푸르다
아픈 친정어머니 두고 시집가는 누이처럼
얼굴이 푸르다.

칠순에 혼자되어
창문으로 찾아든 달을 보고
울다가 숨 거둔
창신동 언덕바지 황노인의 얼굴이다.

햇빛도 없는 지하철역에서 일하다
버스에 몸을 싣고 귀가하는
우리 동네 정분 씨의 고단한 눈동자.

서울의 달은
가뭄 속에 아침이슬을 맞고
겨우 생기를 찾은 농장의 메론 줄기처럼
설익은 메론이다.

그 달을 보며 살아가는
생기 없는 사람들
가끔 전쟁 임박 뉴스에 머리를 든다.

이별여행

시한부의 삶을 사는 아내의 부탁으로
이별 여행을 나선 남편
서러움이 가슴 먹먹하게 막고 있지만
즐거운 마음으로 나서는 발걸음

어디를 갈까?
아이들과 함께 가던 산속별장
아니면 바닷가 펜션
승용차에 몸을 싣고서야
함께 안고 즐거워하던 신혼여행지
지금은 아련하기만 한 그 곳을 생각해 냈지.

땅끝 마을에서 배를 타고
몇 시간을 달려가야 하는 섬마을.

언제든 갈 수 있는 곳이지만
이런 저런 핑계로 미뤄 온 여행
이제 병든 몸으로 찾아가는
마지막 이별 여행지가 되었네.

배를 따라오는 갈매기
너도 힘이 들겠구나.
우리가 거친 삶을 살아 왔듯
바닷길만은 고왔으면 좋으련만
파도도 거칠고
바람도 모질기만 하구나.

뱃고동 우는 뱃전에서
"―여보, 우리가 타고 가는 배가 만약 침몰하면
당신은 날 구하려 하지 말고 구명선을 타요."
"―그게 무슨 말이야?"
"―당신은 남아서 우리 아이들 키우고 지켜야 하잖아."

그렇구나
병든 아내는 끝까지
가족을 생각하고 있었구나.

저녁연기 자욱한 홍도의 포구
아내는 뱃전에 나와 남편의 어깨에 기댄 채

잠이 들고
바람에 실려 간 영혼은 벌써 집에 갔을까?
아들 녀석이 울며 전화를 했네.
"아빠, 엄마 홍도에 도착하셨어요?"

하얀 구름이 섬마을로
뚝뚝 떨어져 내리는 5월
아내가 좋아하던 라일락 꽃 향기
진저리치도록
포구에는 향기가 가득했다네.

유해조수

자연은 생명가진 모두 공유하는 공간
미리부터 특정한 공간이 아니다.
도로와 철책鐵柵으로 경계 정하고
산과 들, 강가에서 살아야 한다고
합의한 적 없다.

인간의 횡포에
숲속으로만 밀려나
인간에게는 불필요한 짐승
존재할 수 없는 새들
그래서 유해조수有害鳥獸라 했나?

본래 자연은
함께 살아가는 공간
오늘도 멧돼지가
인간이 정한 경계境界를 넘다 사살됐다.

빛내림

은혜를 받으면 사랑을 모르고
사랑받는 사람은 감사를 모르고
감사의 은혜 입은 이는
큰 사랑 잊을 때가 있다.

내가 베풀며 감사하고
내가 나누면서 고마워하고
내가 사역하며
기뻐하는 생활
온 누리가 행복의 빛내림.

빛이 찬란하다
따사롭다.

광릉내 숲

임금님 무덤을 안고
수백 년을 지켜온 나무들
그 공로를 인정받아 보살핌을 받는다.

그 나무에 사는 새들도
그 숲에 사는 벌레들도
나무 외롭지 않게
보살핌을 받는다.

산지기 크낙새가
나무를 쪼아 구멍을 내고
굼벵이 참메기 송장메뚜기 잡아도
보살핌을 받는다.

임금님의 위신력일까
수백 년 덩치를 키운 나무의 위용 때문일까
지나가는 구름 나무 끝에
매달려 쉬다가고

해가 지면
목쉰 뻐꾸기 산그림자 무서워 운다.
크낙새가 사는 광릉내 숲에서

늙은 호박

쪽방촌 재개발 지역
아낙들이 웅성이며 모여 있다.

허드렛일로 늙은 시부모 모시던 며느리
아기를 낳았단다.
집나간 남편 근황도 모른 채
쪽방에서 아기를 낳았단다.

얼마나 무서웠을까
구급차에 실려 가면서도
영문 모르는 아기 빽빽 울기 바쁘다.

미역과 소고기 한 근
늙은 호박 한 덩이 사서
시어머니에게 쥐어주는 손이
왜 부끄러울까?

삶이 이렇게 극명하게 구분 있는데
하나님은 보고는 계실까
양지쪽의 한 틈만 비워놓으셨으면
아기도 잘 자랄 텐데.

바 람

오늘 내가 맞는 바람
어제 내 옷자락 잡던 바람 아니다.

오늘 잠실에서 마시던 공기
강남에서 빌리던 공기
일산 숲에서 마시던 공기
어제 것이 아니다.

늘 빌려 사는 삶
별처럼 소리 없이 눈물지으며
감사해야 할 하루

빌려 쓴 삶도
능력일까?

바람은 떠돌며
상대이야기 듣고도 침묵하고
가끔은 답답해서 소리 내서
우는 지도 모르겠다.

제4부 노을빛 찬란한 오후

치자열매

마당 끝에 심은 치자
여름 비켜가던 날
꽃이 지고
주황색 열매 조롱조롱 매달았다.

시집가던 고모
담홍색 치마 물들이던 열매
노을빛 보다 고와서
할머니 사진틀 옆에
한 가지 꺾어 놓아드렸다.

나그네 쥐

레밍이라는 말 들어보셨죠
나그네쥐를 일컫는 말입니다.

인구 조절을 위해 전쟁도 않고
이념논쟁이나 종파싸움 같은 것도 없죠.
몇몇 우두머리를 따라
이타행으로 아름답게 떠납니다.

줄을 지어 절벽에서
바다나 호수로 뛰어내리거나
강물위로 떨어져 내립니다.
누구는 절벽점프축제라고 이야기 하지만
축제는 아니지요.

새 삶을 찾아가는 것이냐
아니요.
이사를 하는 것이냐
그렇게 보셨나요

더 넓은 세상을 개척하지 못하면
다툴 수밖에 없는 세상
후손들에게 그 땅을 양보하는 것이죠.

그래서 살아가는 동안 책임이 큽니다
만족하지 않고
열심히 일해야 하니까요.

나그네쥐는 나그네처럼
햇살과 달빛 그림자를 밟으며
떠날 준비를 늘 하고 있답니다.

대왕암大王岩 수중능침

왜구의 노략질에
죽어 동해 해룡海龍이 되어
나라 지키겠다는 문무대왕

왕의 뼈와 사리舍利를 묻은 수중능침水中陵寢
그 기록이 남아있는 원효대사의 겿서
본래 '월지궁 임해전' 이라는 능호陵號로 불렸다지.

인근의 옛절터 감은사感恩寺
그 영혼이
지하의 수로水路로 오가게 만들었다는 전설.

천년의 북소리가 향기로운 바닷가
독도獨島를 훔치려는 목소리
왜구들의 후손들
어떻게 열린 입 잠그게 할 수 있을까

대왕암의 여문 물소리가
오메기의 아침 하늘을 연다.

바람 종鐘

큰스님이 열반하시기 전
선물한 바람 종鐘

큰스님은 범어사 다비장에서
바람이 되신 지 십 수 년
창가에 매달려 시나브로
맑은 종소리를 만드는 바람종

창문을 열어놓고 사는
한여름에는
바람 종이 아침을 깨운다.

평생 화엄경華嚴經을 읽으시며
창가의 바람 종소리 듣다
내게 선물한 소리

대나무의 맑은 울림통에서
오늘도 산빛 고운
바람소리를 만들어내고 있다.

10원짜리 동전

한 시절 차비 걱정에 정거장 몇을
걸어서 오간 적 있다.
운동 삼아서라고 핑계를 대보지만
진눈개비 날리고
비바람 몰아치고 회오리바람 부는 날은
서러움에 눈물인지
빗물인지 흠뻑 몸으로 맞으며 걷는다.

나뿐 아니라
많은 젊은이들이 그랬다.

가끔 거리에 뿌려진 동전을 본다.
아이조차 줍지 않는 10원짜리 동전
불국사탑佛國寺塔이 놓여있는 동전
한때는 대권 도전자가 의도적으로 만들어
수백만 개를 공급했다는 동전.

단돈 10원이 없어 차표를 사지 못했던
기억의 저편에
서울의 을씨년스런 달이 아직도 떠있다.

동충하초

곤충昆蟲이나 벌레가 버섯화되어
불로명약으로 알려진 동충하초
굼벵이가 있고 잠자리, 자벌레
이끼 속에 발견되기도 한다.

중국 천진산맥 안개비 내리는
고지대高地帶에 매년 봄이면
동충하초를 캐기 위해 산촌 사람들 산을 오른다.

천막을 짓고
쪽잠을 자며 하루에 세 네 마리
농사일보다 많은 목돈
한계절의 수고로 모은다.

삶의 여정 지극히 유한한 것인데
하루라도 그 삶을 연장하려
그 화석화化石化된 벌레도 먹는다.

포식자의 상위에서
인간의 탐욕이 무섭다.

젊음의 시간표

높은 하늘과 푸르름이 있고
달려가는 구름을 타고
마음은 바다를 걷는다.

젖고 습한 땅
비바람에 넘어진 고목위에
버섯을 피워 올리는 꿈
들쥐굴속에 숨어있고
연둣빛 하늘아래에서는
빛나는 광야만 있다.

무섭지 않은 시간
두렵지 않은 공간
크기도 희망도
아침마다 무지개는 번갈아 뜨고
도전의 발걸음 속에 눈빛이 푸르다.

작은 모래알 같은 씨앗이
넓고 큰 그늘을 만들 듯이

돌주먹 같은 심장이
세상의 하늘을 본다.

젊음의 푸른 시간표
그 돌주먹 같은 붉은 심장
부석사 범종루에 걸린 북소리처럼 퍼덕인다.

흙의 비밀

붉은 황토 속에 검게 썩은 자국
누가 누웠던 자리일까

자연으로 돌아간 자국
물은 물로, 살은 녹아 흙으로
가슴에 차있던 온기는
하늘의 기운으로
다시 돌아가고 남은 흔적

누가 다시 이름을 불러 주랴
흔적으로만 남아있는 자리
그 자리에 다시 바람에 불려 씨앗이 움트고
그 움튼 자리에 피어난 꽃에
옹기종기 온기도 모이고
이슬도 모이고
따뜻한 햇살도 고여 꿀도 만든다.

풀꽃이 열매를 가꿔 여행을 시작할 무렵
하늘 끝에 다시 해가 돋는다.

조롱박

전쟁을 피해 고향 떠나 온
내 또래의 소년
동냥을 올 때 마다 비어있던
조롱박 밥그릇

전쟁 끝난 지 60여 년
꿈에선 아직도 그 아이
빈 조롱박을 들고
우리 집 대문 앞에 서있다.

주말농장의 고라니

파를 심은 농장 한쪽에 무와 배추
두 줄벌로 심었다.
가끔 고라니가 내려와 제 밭처럼 헤집어도
남는 게 있겠지
여유를 부렸던 텃밭.

무서리 내리기도 전에
염치없게도 파를 제외하고
열무까지 요절撓折 을 냈다.

막걸리와 엉겅퀴 액즙 섞어 만든 액비液肥로
진딧물까지 없애고
가을비에 잘 자랄 것이다 했는데
횡성 산촌 왕서방네
시집간 막내딸 왔다 간 것처럼
남아난 것이 없다.

봄이 오면 수확 없는 농장
다시 일궈야 하는데 고놈 고라니
올겨울 얼어 죽지나 말아야 할 텐데
추위가 장난이 아니다.

찬바람에 머리털이 섰다.

바람의 숨소리

숨소리 들리거든
뱉어야 사느니
들숨 남기지 말고 뱉으시게.

기뻐 웃는 소리는
가슴을 모두 열어 탈탈 털어내지만
기가 막힌 일을 보고
가슴으로 울 때는
날숨도 도막을 끊어내며 울지.

살다보니 웃을 일보다
슬프고 비참한 일 자주 만나지만
어찌 피할 수 있단 말인가?

시절인연時節因緣이야
세월이 가도 새록새록 생각이 나고
스쳐간 인연도 간절하면 다시 만날 수 있는데
바람에 묻은 이야기
독이 될까

뱉으라고 하지 못하겠네.

태양이 하늘을 열고
어둠 빗긴 햇살이 눈부신 아침
바람의 숨소리를 듣네.
숨 가쁘게 살아온 세월의 숨소리를 듣네.

설산기행雪山紀行

겨울등산의 묘미는 눈雪이다
만산이 하얀 능선으로 덮이고
눈을 인 소나무
뚝뚝 부러져 아픈 속살이 드러나는 산정山頂
소백산의 자락 덕유산德裕山
그 곳의 풍경을 보러간다.

하늘님 만드신 백의白衣 정원庭園
산마루를 헤아리며
피리를 불며 달려온 바람이 반긴다.
이곳에는 온 누리가 평등하고
고요가 깃들어 있다.

눈밭을 헤치고
더러는 넘어지고 눈 속에 잠기며
산정을 오르는 고난의 행군行軍
저만치 천년 풍상風霜을 이고 서있는
주목나무 등걸 미라가 되어 손짓을 한다.

'여기야, 이제야 오는군'
반가워 시린 나뭇가지로 울고
구름이 할퀴고 지나간 어깨를 들썩이며 맞는다.

정월보름의 아침에
그 눈바람 속에 망부석望夫石처럼 서있는 주목나무
덕유산의 눈안개가 계곡부터 다시 핀다.

겨울비

해질녘부터 요란한 천둥이 울며
비가 내린다.
가뭄 끝에 비가 내린다.

쌍둥이를 낳다 죽은 쪽방집 여인
가난이 한恨이 되었나
눈물이 비가 되었나보다.

비 내리는 날
그래도 춥지 않은데
넝마솜이불 뒤집어 쓴 걸인乞人
지하철 계단 끝에 박스를 깔고 있다.

고단한 하루
일용할 식사는 마련했을까

초점 없는 눈 사위
내 손에 들린 과일봉지
왠지 무거워 밥은 먹었냐며 건넸다.

절을 받으려고 한 행동 아니거늘
허겁지겁 먹는다.

빈부貧富의 차差
백짓장 한 장 차이
하루아침에 뒤바뀔 수 있는 게 우리 인간사人間事.
춥기만 한 세상이 서럽다.

성남 국제 에어쇼

성남 비행장에서
국제 에어쇼가 열렸다.
한국전쟁 때
변변한 전투기戰鬪機 한 대 없던 우리나라

초음속超音速 전투기를 생산해 이제 수출까지 한다.
미사일도 달고 기관총機關銃도 무장하고
날아오르는 전투기
전쟁에 참가해 본 참전용사參戰勇士들
감회가 새롭다.

박수를 치며 웃고
감격해 눈물 훔치는 현장
월남파병 때 근사한 수송기輸送機도 아니고
부산항 부두에서 수송선과 군함을 타고
이역만리異域萬里 떠나던 모습
그래서 가슴이 벅차다.

전쟁 없는 세상

우리가 지켜낸 조국

섣부른 이념논쟁理念論爭에 얼굴 붉히는 학자들

가끔 재갈을 물리고 싶을 때도 있다

경계境界

삶과 죽음의 경계
한순간 찰나札剌의 시간이다
길고 높고 깊은 바다가 아니다.

돌아서면 영원히 뒤바뀔 수 있는 영역
알면서도 우리는 체념하고 산다.
알면서도 침묵한다.

풍요와 넉넉함의 즐거움이나
빈곤과 부족함의 경계
인간마다 천지간天地間 차이 같지만
간극間隙은 없다.

오늘도 그 경계에서
춤을 추고
희로애락의 일상사를 지켜보는 우리
푸른 하늘에 흰 구름 피듯
마음안 번뇌 망상도 다스리지 못한다.

삶과 죽음의 경계에서
늘 푸른 눈으로 지켜보는
천사를 마중한다.

경계의 문턱에서.

주산지의 아침

물안개 피워 올려
버드나무 가지 끝에 걸어두고
주왕산 산마루에 울던 소쩍새
오늘은 늦잠을 자나보다.

산 너머 양지쪽
보조개 빨간 복숭아꽃 만발하고
바위틈을 후비고 내리는 갯물
머리부터 풀어헤쳤다.

햇살 맑아야 자맥질하며
송사리 찍어 올릴 어미 물총새
연둣빛 속옷 입은 버들가지위에서
물속 하늘을 지켜본다.

구름 잠긴 주산지 연못 속 하늘
바람도 일렁인다.

서리꽃

천년하늘 응축된 영혼
하늘에 깃들지 못하고
꽃이 되었다.

빛을 따라가다가
빛으로 남아 있다가
하얀 서리꽃으로 남은 영혼

새벽 물안개 속에
진혼가를 부르는 솔바람
반가워 울고 있다.

지옥계地獄界

욕계慾界의 하늘 밑 세상
극락과 천국은
우리 사는 세상에 있다.

살인과 음모, 강도, 강간
버젓이 활개 치는 조폭의 만행

하루가 멀게 일어나는
지구촌의 전쟁
인간이 인간을 죽이는 현장現場
여기가 지옥이다.

천국과 지옥이 여기 있는데
어찌 죽어 천국天國과 지옥地獄을 논할까

삶은 두 가지의 얼굴
한순간의 기쁨과 슬픔

젊은이들이 사랑하고
결혼하여
포연砲煙속에 아기들이 탄생하며
삶은 이어진다.

지옥의 늪지대에서도
그렇게 민들레의 꽃씨는 날아가
터를 잡는다.

오리나무의 철학哲學

숲에 오리나무를 심으라는 독림가篤林家
언제나 물기를 머금은 나무
가뭄에도 오리나무숲
시들지 않고
산불에도 숲을 지키는 나무

오리나무는
'십리절반 오리나무' 라는 말처럼
옛 어른들 숲 가꾸기 교훈.

심는 나무 숫자보다도
폭풍우로 한발로
매년 쓰러지는 나무가 많은 현실
독림가의 우둔한 철학
새겨듣는 여유도 필요한 시간.

전나무와 소나무
꺾인 나무에 흐르는 송진으로 뒤덮인 산
산불이 나면 도깨비불 바람을 타고

산을 넘고
백두대간을 태우며 웃는다.

늘 물기 머금은 나무 오리나무
아무리 큰 산불에서도 살아남는 나무
오리나무를 안다면
수종개량 산림구성비 어떻게 해야 할지
답이 거기에 있다

* 고성 산불 피해를 보며

우화羽化

우화羽化는
몸과 생각만 바꾸는 게 아니라
살아온 환경과 사는 방식까지 바꾼다.

물속을 헤엄치던 장구벌레가
날개도 예쁜 잠자리가 되고
땅속의 하얀 굼벵이가
매미가 되어 허공을 날듯
우화羽化는
내가 살던 하늘을 바꾸는 것이다.

하늘과 땅, 물속은 그대로인데
내가 몸을 바꿔
다시 태어나는 것이다.

윤회도 바로 이런 것
세상을 그대로인데
내가 매미나 장구벌레처럼
'나'라는 개체는 변함이 없고

몸만 바꿔 다시 태어나는 것이다.

땅속과 물속 하늘세상
욕계 삼천세계를 한 계절에 살기도 하고
7~8년에 걸쳐 살다가
몸을 바꿔 날개를 달고 날기도 한다.

우화羽化의 본보기는
우리 삶의 나침판이다.

그림자 산책

그림자가 없는 새벽
산길을 오른다.

발꿈치에 껌딱지처럼 붙어
따르는 나의 분신
말이 없어도 유일하게 내 비밀 아는
마음속의 그늘

바람에 불려 날리지도 않는
바윗돌보다 무거운 그늘
그것이 무서워 몰래 새벽길
산책을 나선다.

들기름 한 병

영동에서 감 농사를 짓는
여류시인 한사람.

얼굴보고 싶어 상경했다는 전갈에
뭐 줄 게 없나 살피다
가곡음반 몇 장, 산문집 몇 권 챙겼다.

풋옥수수냄새 밴 나들이옷
푹 눌러쓴 창이 넓은 캐프린모자 밑
얼굴이 햇볕에 잘 익었다.

'직접 농사지은 들기름 한 병 드리려고—.'
등가방에서 꺼내어
들기름 한 병씩을 나눠준다.

생활문학을 고집하는 그 사람
땀 냄새 나는 시를 쓰겠다는 그 사람
가끔 시골향기를 나눠주는 마음이
고소함을 더한다.

갠지스 강가에서

인도여행길에
갠지스 강을 찾은 친구
사진 몇 장 카톡으로 보내왔다

화장火葬터의 비장한 가족들 모습
강가 주변에 방을 얻어 놓고
죽음 기다리는 노인들
초연超然한 모습이다.

시신屍身 태운 재를
강물에 밀어 넣는 모습
그 강물 속에서 저승 노자로 던져진
동전을 주워 끼니를 마련하는 아이들

삶과 죽음의 경계에서도
삶의 꽃,
나비처럼 피고 있었다.

모 과

속살 베어 물다가
향기만 입안에 가두고 뱉는다.

하얀 모과꽃 예뻐
마당 끝에 심어두고
한철 연분홍 꽃을 보았지.

여름 지나고
초록빛에서 노을빛으로 변하고 과실
진눈개비 맞는 날
하나둘 떨어지기도 전에 미리 따서
문득 기침으로 고생하는
탄 갱부 김 씨 생각에 효소를 담았지.

주는 기쁨
준비하는 기쁨이 더 큰 것은 뭘까.

동래성東萊城에 올라서서

동래성東萊城에 올라서서 남해바다 굽어보니
까마귀떼 왜적선倭賊船은 흔적 한 점 안 보이고
공성空城위에 소슬바람 시절時節 인연因緣 다시 묻네.

동래부성東萊府城 망루望樓위에 나부끼던 주작朱雀 깃발
물거미떼 왜군함선倭軍艦船 대적對敵하여 전투戰鬪할 재
우뢰吽雷같은 돌개바람 인태산人太山이 무너지네.

제5부 아름다운 세상

첫 차

새벽 밤과 낮의 경계
그 경계를 가르며 달린다.
귀만 살포시 깨워놓고
눈도 재우고 가는 첫차 승객들.

열차 교행 하는 역마다
발 구르듯 달려오는 차임벨소리
자동문 열리면
훅ㅡ. 검표원처럼 찬바람 들어와
승객들 헤아리다 나가고

내가 내려야 할 역
내가 지나온 길 되짚어가는 기적소리
태엽감은 오뚝이처럼 벌떡 일어나
눈 크게 뜨고 열차에서 내리는 첫차승객들
하루의 역사가 시작되는 순간.

내가 잠든 사이

내가 잠든 사이
시작된 것과 종료된 것
그 짧은 시간에
영영 공유할 수 없는 것들
다시 볼 수 없어
잠든 사이의 길이를 재 본다.

서서 자는 시간
앉아서 잠든 시간
눈 깜짝할 사이의 그 시간에
사라져가는 삶의 끈도
함께 끌고 온 고무신처럼 질기다.

단풍나무 수액을 졸이고
가래나무 수액을 받아 밥물을 더하는
하루 한 끼를 지어먹는 자연인
그의 삶의 그림자도
나무그림자 속에 갇혔다.

다시 돌아갈 길 없는 시간

비집고 들어가

내가 잠들 시간이 없을까봐

깨어있는 나를 다시 일으켜 세운다.

유라시아 철도여행

우리나라가 국제철도연맹
정회원국이 되었다.

남과 북의 철도가 연결되면
중국과 러시아 땅을 열차를 타고
모스크바와 프랑스 파리까지
파리에서 영국까지 가게 됐다.

비행기가 아니더라도
수만리 바닷길을 건너지 않더라도
낯선 이국땅 풍경을 살피며
유럽을 보게 되었다.

통일이 되면
분단의 휴전선이 걷히고
지뢰를 걷어내고
튼튼하고 침목도 강건한 철도를 놓아
달려가는 거다.

꿈같은 말로만 뇌이던
귀로만 듣던
유라시아 철도여행
우리가 첫손님이 되어 달려가 보자.

겨울비2

헤어질 때 웃는 것이 겸연쩍어
처음에는 눈물만 찍어내다가
어깨도 들썩이며
한숨도 토해내며 우는 것 같아.

첫사랑 점순이 날 찾아와
기차역 플랫폼에서 기다리던 그 날처럼
비는 점순이를 적시고
점순이는 빗물처럼 울었다지.

그 약속도 잊고
기다리지 않을 거야
교행하는 열차
몇 번을 옮겨 타며 확인하던 내가
얼마나 미웠을까

역사 안만 바라보던 나
플랫폼만 살폈어도 돌아서는 발걸음
슬프지는 않았을 텐데ㅡ.

오늘도 그 기차역
비 내리는 플랫폼에 내렸다가
다음 열차를 탔다.
시린 겨울비
그 날처럼 울고 있다.

강아지 재우기

가방메고 아침일찍 학교에 가려는데
강아지가 내양말 물고 이러저리 도망쳐요
자장자장 잠 재워도 내가 갈까봐
또록토록 갸웃갸웃 내 얼굴을 바라봐요

친구들과 아침일찍 학교에 가려는데
강아지가 발꿈치물고 함께 놀재요
자장자장 눈 감기고 잠을 재워도
동그랗게 눈을 뜨고 내 얼굴을 바라봐요.

호박단추

한복 웃옷을 여미는 호박단추
먼 옛날 밀림에 살던
거미와 나비
이름 모를 곤충
송진 속에 잠겨 굳은 호박

영롱한 돌 속에
마치 살아있는 듯
더듬이 헤치고 한 걸음에 나올 듯
살아있는 화석.

장수長壽하라는 기원의 의미
행복하라는 축원의 의미
사랑한다는 애정의 의미
노을빛 호박 속에
세월을 익혀놓았다.

정오正午의 그늘

햇살 반으로 나누고
들어앉은 시간
정오正午.

유년의 잠이 깨어난다.
기어서
일어서는 사이

부러진 초침秒針의 길이만큼
그늘을 만들었다

강화 마니산

민족의 창조설화創造說話 간직한 마니산
우리 국토의 심장
산정에서 반짝이는 바다를 본다.

높은 곳에서 바라보는
산천山川의 흐름이 고요하다.
작은 내 모습을 보고 경건해지고
욕심 많던 마음
다시 내려놓는 하심下心.

봄이면
수달래 꽃불 켠 고려산을 지나
마니산 언덕에서 만나는 우리 민족의 성지
오르는 계단만치나
다시 내려오는 계단
헤아리며
오늘의 삶 돌아본다.

성내천 맹꽁이

칡넝쿨이 짜낸 그물망 밑에
살찐 맹꽁이 한 마리

가마우지에게 쫓기고
두루미에게 쫓기고
엉금엉금 물속에 뛰어들었다가
청둥오리에게 쫓겨 나와서는
눈만 멀둥멀둥 지켜보는데
장끼가 달려 나와 묻는다.

'너, 누구냐?'
'맹—!'

늙은 손수레

시장 재건축으로 한길로 밀려난
노점상 할머니

늙은 손수레 옆에
한 평도 안 되는 보도블록
풋나물만 열다섯 가지
오늘은 풋마늘이 하나 더 늘었다.

2만원이면 매대 그릇 세 개는
덜어낼 수 있을까
반가움의 눈빛이 다정해
검은 비닐봉지를 받아든다.

고향의 길목을 걷던 노친老親의 앉은 모습
늙기도 서럽게
80여 년을 살아온 고장 난 손수레.

너의 우산이 되어 줄께

비바람 치는 날 내가 가야 하는 길
길은 멀고 험해도 내가 가야 하는 길
옷깃을 여미어도 찬바람은 온몸으로
막아서며 가는 길 비바람 치는 날
동행이 없어도 내가 가야 하는 길
기다리는 친구의 창밖의 기다림
나는 너를 위해 빗속을 걸으며
가슴에 지핀 불씨 꺼트리지 않으려
비바람 치는 길 나는 너를 찾아 갈 거야.

이제 울지 마. 네 곁에는 언제나 비를 가려줄
크고 넓은 우산이 있잖아.
네가 우산이 될게 비바람 맞고 선
너의 커다란 우산이 되어 줄게.
너와 함께 가는 길 외롭지 않아
이제 비 그치면 따스한 햇빛이 나고
이제 찬바람 지나가면 향기로운 바람이 불거야.

할미닭

지독한 조류독감鳥類毒感에도 살아남고
일곱 번이나 알을 품어
병아리를 키운 우리 집 할미닭

재산을 불려주고
식구를 늘려준 고마움에
'죽을 때 까지 길러보자' 는 조모祖母님 말씀에
죽음을 면한 할미닭

털옷도 볼품없고 벼슬도 시들어
걷는 것조차 힘들어 보이는데
올 겨울에도
닭장 옆에 웅크리고 앉아 살아 남았다.

짐승도 오래 키우면
사람 말 알아듣는다더니
조모님 집안에 계실 때는
안마당에서만 논다.

비상飛上

날아오르는 것은 기쁨이다
어깨를 편다는 것은
즐거움이다
바람 부는 하늘도 두렵지 않다.

허공에 머무는 그 순간만은
넉넉한 자유와
감사와 가장 넓은 푸른 대지를 본다.

누구나 어깨에 짊어진 작은 짐 하나
꿈이 있어 나는 것이다.

고공을 나는 기러기나
구름을 몰고 달려가는 바람도
비상의 기쁨을 안다.

곧장 지워지는 구름처럼
꿈은 생경하지만 새로운 하늘에서 지워져
가끔 꿈자리 새로 만든다.

저 초원의 언덕에 비상의 꿈틀을 만든다.
좀더 오래 머물 수 있는 공간
푸른 하늘이 거기 있다..

말의 씨앗

세치 혀로 만드는 말의 씨앗
크기를 가늠해 본 적이 없다.

밤톨만큼이나 작기도 하고
수수알모양 뚫기도 하고
메론처럼 달기도 하고
풋살구처럼 시기도 하다.

모양을 보아도
개복숭아 같기도 하고
등에가 맛보고 간 개암 같기도 하고
개미가 물고가다 버린
파리 뒷다리 같기도 하다.

꽃처럼 예쁘게 피어
송골송골 피어나기도 하지만
더러는 장미꽃처럼 가시도 있다.

가끔은 상대를 기쁘게도 하고
더러는 좌절하게 하고
감동하여 나를 끌어안게도 한다.

누구나 가지고
매일 만들고 있는 말의 씨앗
그 씨앗이 어떻게 자랄 지 아는 사람
몇 이나 될까?

말 한 마디 잘못해
이혼한 젊은 새댁이 새벽부터 하소연이다.

창밖에 걸린 그리움

둥지를 마련하고 새끼를 기르며
아기들 재롱에 햇살까지도 즐거워 할 때
고단함도 기쁨이었지.

딱새가 새끼뻐꾸기 기르며
힘에 겨워도
늘 자랑스럽게 아기 기르던 용기
눈부신 희망이 있었기 때문이었어.

아이들 구름 따라
총총 둥지를 떠나가고
채 부모의 걱정소리 듣지도 않은 채
눈빛 푸른 산등성이 날며
울지는 않을 지

문풍지 떨며 재새는 겨울 지나
생강나무꽃 노랑 아기 혀처럼 내미는데도
대숲에는 바람만 서걱거리며
아이들 노래 지어내고

하늘에는 목화솜만 피어나네.
곱군.

가끔 이팝나무가지 숲 빈 둥지를 돌아보는
늙은 어미딱새처럼
산촌 길 어귀에 지은 마당 깊은 옛집
마당가에 선 조모님은
창 밖에 피는 그리움에 오늘도
마당 끝에 나와 앉아 계시지.

차가버섯

자작나무에서 자라는 차가버섯
나무옹이처럼 볼품없지만
암을 치료하는 약재

시베리아 툰드라 지대
눈을 이고 자라는 자작나무숲에서
수십 년을 자란 균사체 덩어리란다.

선물을 받고도
더러는 썩은 나무옹이인 줄 알고 버리고
황금빛 속살이 예뻐 장식장에
모셔놓는 버섯

가루를 과일즙에 넣기도 하고
물을 우려내 마시기도 하고
건강을 위해 아끼는 버섯
나무로 보면 자신의 몸을 갉아먹던 균사체

살아가던 길 돌아서서 다시 보면
우주의 모든 만물이
은혜를 베풀고 있음을 보지.

인재 자작나무숲

설원의 인재 자작나무숲
숲 사이로 다람쥐길이 여름이나
눈 내린 겨울풍경을 달리 보게 한다.

바람 불 때 마다 자작거리는 소리에
자작나무라 했다는 나무
시베리아 툰드라 지대
몽골의 북부 산악지대
늑대 울음소리를 듣고 자라는 나무

이 나무의 속살을 20년 가까이
파먹은 종균種菌이 차가버섯 영약을 만든다.
껍질 빛깔도 하얀
그래서 은빛 늑대 별명을 얻었을까

사람 살리는 명약名藥을 낳는 나무
영월이나 충주, 눈 푸른 제천의 계곡에도
이제 이주민移住民의 모습처럼
풍상風霜을 이고 앉아있는
바위 틈바귀에 심겨져있다.

안면도의 물미역

그리움 간절하면
꿈에서라도 만나게 되나보다.

30년지기 친구
바닷가 마을에 정착했다더니
봄 물미역이 좋다며
택배로 보내왔다.

갯바위에 자라던 물미역
멍텅구리배 타고
베고 따서 염장鹽藏하여 보내셨다.

안과치료 받는 날
병원예약과 곁을 지켜주었던 마음을
크게 생각하셨던 모양이다.

일 손 놓은 지 오래 되었지만
'서울사람 하루 놀면 하루 배곯는다.' 하시던
팔순 가까운 어른

깃 낫을 들고
바닷가 갯바위를 나가
찬바람을 맞는 모습에
이웃과 나눌 생각 하다가도 그만두었다.

겨울 잠

잠睡眠은 멈춤이다
걸어오는 동안 역사한 여정을 돌아보는
쉼이다.

잠속에 노래와
지저귀는 사물이 있고
즐거움을 누릴 수 있는 꿈이 있다.

한 계절을 동면하는 짐승도 있지만
토막잠으로 사유의 바다에서
잠시 쉬는 사람도 있다.

수면을 통해 얻는 자유
솟대위에 걸린 달그림자이다.

겨울비

동면冬眠을 위한 채비일까
옷소매 둥둥 걷고
나무들 가지부터 씻겨 내리고
이끼 낀 바위 사잇돌마저 닦아주더니
부도탑浮圖塔 모서리까지 닦는다.

푹신하게 발등 덮은 나뭇잎들
다독다독 밟아주고
눈 쌓아올릴 장독대 몸뚱이도
깔끔하게 닦는다.

장 담그는 날
불쏘시개로 장독 제독除毒하시던 어머니처럼
겨울비는 닭장 위 슬레이트 지붕도
두드리며 앉아있다.

건넌방 부엌에서 동지팥죽이
설설 끓는다.

자선냄비

가진 것 넉넉하지 않아도
기진 그대로 나누는 일 부끄러웠지.

처음에는 망설이다가
황망慌忙히 돌아서고
두 번째는 봉투에 넣어 살며시 밀어 넣고
세 번째는 지갑에서 만원을 낼까
천원을 낼까

잠시 망설이는 것도 죄스러워
지폐 한두 장
집히는 대로….

그렇게 돌아서는 발걸음
왠지 초라하게 느껴지고 죄스럽게 생각되고
구세군救世軍 종소리 아득하게 들릴 때까지
찜찜한 것은 뭘까?

석간신문을 펼치며
지하철에 오르는 순간
굶어죽은 세 모녀 기사가 가슴을 친다.

바람도 찬 이 겨울
정든 집을 떠나는 발걸음은
얼마나 춥고 시렸을까.

아버지는 머슴이셨다

아버지는 머슴이셨다.
아침도 정 장로鄭 長老의 집에 가서 드시고
쟁기 메고 소를 끌고 들에 나가시는
머슴이셨다.

저녁이면 끙끙 앓으시면서도
자식들 깨기도 전에
소작小作하던 논밭 돌아보고 오시던 아버지

배움은 없어도 이웃집
조상님들 기일이나 혼례일
정확히 기억해 내시고
논과 밭 팔고 사던 날짜까지
잊지도 않으시던 분이셨다.

초등학교에 입학하는 동생 데리고
면사무소에서 가족관계 서류 발급받아온 날
그렇게 대견해 하시던 아버지

자식들 머리가 커지고

뻐꾸기 새끼만큼이나 덩치가 커지자
자식들 생각에 머슴일 그만 두시고
버려진 땅을 개간해
경작지耕作地 넓혀가셨다.

자식들이 취직해 첫 월급 가져오면
쌀가마니 숫자로 셈부터 하시던 모습
이제 자식들 하루벌이
아버지 일 년 세경의 배가 넘는데도
가난했던 그 시절
세경을 받아 지게에 메고 오시던 모습
눈에 선하고 가슴이 시리다.

지난 밤 꿈에
잘 익은 홍시 하나 드리는데
'넉넉할 때 아끼며 살라.' 는 말씀을 하셨다

그리운 그 시절
기억의 언저리에 서 계신 아버지
언제나 정 서방네 집 마당에 서 계셨다.

7백 의총義塚

서릿발 같은 기개와
내가 아니면 안 된다는 책임감이
들불처럼 번져
제천에서 의령에서
백제의 옛땅 금산 땅에서 궐기한 의병들

왜군과 맞서
쇠스렁과 지게 작대기, 죽창으로 무장하고
죽기를 마다하지 않고 싸운
우리의 조상들의 의분義奮에 찬 용기와 담력
최후의 일인까지
내 고향을 지키다 스러지셨다.

그 고귀한 주검을 갈무리하여
만인산 기슭에 의총을 세우고
한마음으로 경배하니 하늘구름도 총총 내려앉는다.

그 날의 함성
그 날의 통한에 찬 핏빛울음이

바람으로 남아 오늘도 천지를 흔들고.

이타행으로 삶을 던진 그 날의 의기義氣
이름 모를 들꽃으로 피어나
하얀 나비가 되어 산하를 날며
천둥소리를 듣는다.

내가 깨어있는 시간

내가 깨어있는 시간
누군가에게는 숨을 거두는 시간이다.

내가 깨어나는 그 순간에도
누군가는 옛 기억을 돌아보고
사랑과 감사와 은혜에 눈물지으며
함께 갈 수 없는 먼 길
작별의 인사 나누는 시간이다.

먼 길을 달려왔다가 잠시 쉬었을까
또다시 일어서는 바람처럼
고단했던 여정.

그림자도 없이
산마루를 넘는 고니의 날개처럼
살아온 세월은 하얗다.

기억의 저편에
소중하게 남아있는 환희의 순간들
그리고 잊고 싶었던 부끄러운 일상들

발자국은 선명하고
내가 오를 하늘빛은 푸르기만 한데
여기는 어디일까
파랑새의 부리로 만든 뿔피리 소리
저녁노을을 펴고 있구나.

늙은 책

산에 흙집 지으시고 이사 가신 아버지
읽으시던 책 연암의 '열하일기'
책상 옆에 앉은 나를 굽어본다.

청나라 6대 건륭황제
칠순 축하사절로 북경을 오가며 쓴 일기
250년의 시공을 뛰어넘어
길가 풍경 묘사가 재미있다.

책갈피에 적은 '대륙기질' 이라는 단어
아버지는 연암의 눈으로
대륙인의 모습 보셨구나.

여행을 통해 얻는 지식
지구촌의 풍물과 이질 문화를 통해
우리 문화를 새롭게 발견하는 기회

가끔 집을 떠나는 것은
나의 현재 모습 비춰보는 거울을 찾는 길이다.

아버지가 읽던 늙은 책이
먼지를 털고 책상위로 내려앉는다.

청소년 시집
바람의 숨소리

초판인쇄 · 2018년 11월 10일
초판발행 · 2018년 11월 15일
초판 2쇄 · 2019년 3월 4일

지은이 | 곽영석
펴낸이 | 서영애
펴낸곳 | 대양미디어

출판등록 2004년 11월 제 2-4058호
04559 서울시 중구 퇴계로45길 22-6(일호빌딩) 602호
전화 | (02)2276-0078
팩스 | (02)2267-7888

ISBN 979-11-6072-037-2 03810
값 12,000원

이 도서의 국립중앙도서관 출판시도서목록(CIP)은 서지정보유통지원시스템 홈페이지
(http://seoji.nl.go.kr)와 국가자료공동목록시스템(http://www.nl.go.kr/kolisnet)에서
이용하실 수 있습니다.(CIP제어번호 : CIP2018035801)